꽃과 나무와 새 그리고 시

꽃과 나무와 새 그리고 시

초판 1쇄 인쇄 2022년 7월 15일
초판 1쇄 발행 2022년 7월 20일

지은이 안혜영
펴낸이 원미경
펴낸곳 도서출판 산책
강원도 춘천시 우두강둑길 23
Tel_033) 254-8912
E-mail_book4119@hanmail.net

정가 12,000원

ISBN 978-89-7864-108-1

※ 〈한국예술인복지재단〉지원 기금으로 제작하였습니다.

꽃과 나무와 새 그리고 시

안혜영 쓰고 그리다

도서출판 산책

Prologue

어느덧, 저의 현대 시조집
『오솔길 따라서 온 풀꽃 향기』, 『바람 무지개』에 이어
세 번째 출간 시집입니다.
계절마다 새들의 노랫소리에 아침을 열며,
자연과 벗하는 나무, 일상 소재를 시집으로 엮은
현대 시조, 그림, 서예 작품을 만나 봅니다.

일상에서 만나는
이번 출간 시집 『꽃과 나무와 새 그리고 시』는
평범하면서 만날 때마다 새로운 공기와도 같습니다.

장기간 코로나19 중에서도
어느 날은 글자들이 은하수를 이루고,
어느 때는 돌담을 쌓은 듯 먹먹함으로 앞서,
모래시계 같을 때도 있었습니다.
이처럼 친숙하고도 낯선 시어들 속에서,
언어의 한계에 봉착하기도 하고,
먹먹함에 펜을 내려 둔 오랜 공백도 있었습니다.

장기간 코로나19로 어려운 시기에도
시·서·화집을 엮을 수 있도록 도움을 주신
도서 출판 산책에 감사드립니다.

달란트를 주신 하나님께 감사드리며,
가족 신랑, 소현, 시환이에게
감사를 전합니다.

『꽃과 나무와 새 그리고 시』 소소한 시집이
행복 도미노로 이어지는 선물이 되길 전합니다.

또한, 부족함 없지 않은
저의 시·서·화집
모든 독자분들께 감사드립니다.

2022.7.
햇살 빛나는 날
안혜영

차 례

3부

꽃비

4부

대추비

5부

눈꽃송이

작품

서예&그림

1부

나무들의 축제

나무들의 축제 (가, 나, 다, 라, 14행시)

가을 들녘 황금 물결 밀려오는데
나이테 두른 나무들이 일어나
다함께 모여 축제를 여네
라랄라라라랄라라 노래 부르는 나무들이
마음을 모아 합창을 하니
바람따라 잎새들도 춤을 추네.
사과 나무, 단풍 나무, 플라타너스
아카시아 나무, 소나무, 감나무, 대추나무
자작나무들도
차가운 바람결에 흔들리는 오색단풍 옷을 입고
카멜레온처럼 모델이 되네
타작한 볏짚들과 장작개비가 된 나뭇가지들은
파다닥 파다닥 불꽃놀이와 캠프파이어를
하늘에 석양내린 밤 별사다리 타고 오르락 내리락하네.

라일락 나무야 (가, 나, 다, 라, 14행시)

가지마다 꽃망을 핀
나무야
다람쥐들이
라일락 꽃 향기에
마중 나오네
바람결에 스치우듯
사이 좋은
아기 참새들은 꽃망울을 콕! 콕! 꽃놀이 하네
자전거 타고 가는 아이도 손 흔들고
차를 타고 여행하는 사람들도
카메라 셔터에 눌러 담은 라일락 꽃 사진이라!
타국 여행객들에게도
파르라니 새싹들은 꽃망울 핀 라일락 꽃들이 인사하고 향기따라,
하늘하늘 날아 온 나비와 호박벌들의 집이라네.

겨울 나무

나무야
나무야

홀로 이겨 낸
비바람
그리고

눈 꽃송이 옷 입은
하얀 드레스를
나풀거리며

아이가 만든
눈사람에
손과 발이 되어 주리라!

새들의 하모니

뻐꾹새
뻐꾹뻐꾹
찌르르찌르르
찌르레기
짹짹짹짹
참새
구륵구륵
닭울음 소리
까악까악
까치노래

새들의 합창단
하모니의 조화로운
노랫소리에
아침을 깨우는
친구들
숲 속에서
청운만리*네.

* 청운만리 – 푸를 청, 구름 운, 일만 만, 마을 리
만리 넘는 푸른 높은 구름의 의미로 크고 원대한 꿈과 큰 포부(이상)을 가진다는 의미!

해바라기

나무에 한 뼘 더하기
키 크려고
발돋움 하는 꽃

해담은
꽃바구니
한아름 안고

고운 햇살 바라보니
옷소매 자락에도
노랗게 물들었네

나비야
해바라기에게
햇살 담은
편지 한 통 전해 주렴!

꽃과 나무와 새 그리고 시

꽃잎에 맺힌 아침 미소
초롱하니
풀꽃들이 인사하네.

숲 속을 뛰어노는
청설모 한 마리
나뭇가지에 앉으니
나무 숲 우거지네

개울가 흐르는 물소리에
노래하는 새처럼
시 한 수 저절로 써 지네.

숲 속에도

나무의 가지 표정
거뭇거뭇

쭈욱쭈욱 뻗은
나뭇가지들도

길쭉길쭉 큰 키
자작 나무들도
숲을 이룬지 오래

숲 한가운데
불이 났다

태우는 소리
사그락사그락
쓰레기 소각장 되어 버린
숲 속에도

하천의 물고기들은

모하고 있니?
하천의 물고기들은

떠 내려 온
만가지 오물 속에
보글보글 거품만
내 뿜는다.

숨만 쉬니 다행이야.
빼꼼이 물 밖으로 내민 아가미

연어처럼 거슬러 올라가
상선약수 본보기를
보여주자!

플라스틱 집 달팽이

달팽아 달팽아
너희집은 어디니?

동글동글
패각은 어디 가고
플라스틱 집 페트병이
너희 집이 되었니?

페트병 속에 들어 간
달팽이는 고요했다

한동안 긴 침묵의 끝
숨이 멈췄다.

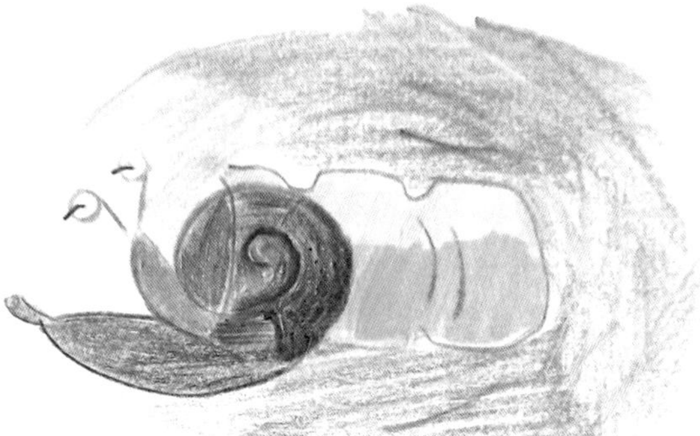

가을문

가을문 앞에서
문 두드리다가
서성이는
나그네처럼

발자국 소리 없이
찬바람되어
단풍에 물들이다가

가을문 열리면
익어가던 밤, 대추가
햇살에 눈이 부시고

허리 굽은 벼이삭들과
허수아비 춤사위가
가을 바람에 사붓이
노란 물결에 스며드네.

가을바람이
문 앞에서
두드리며
서성이고
있다

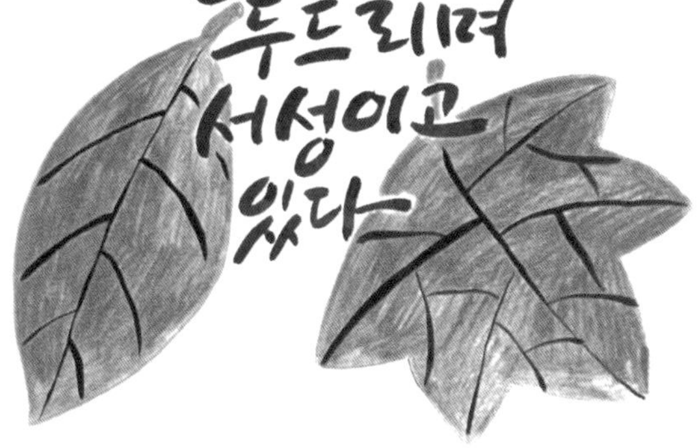

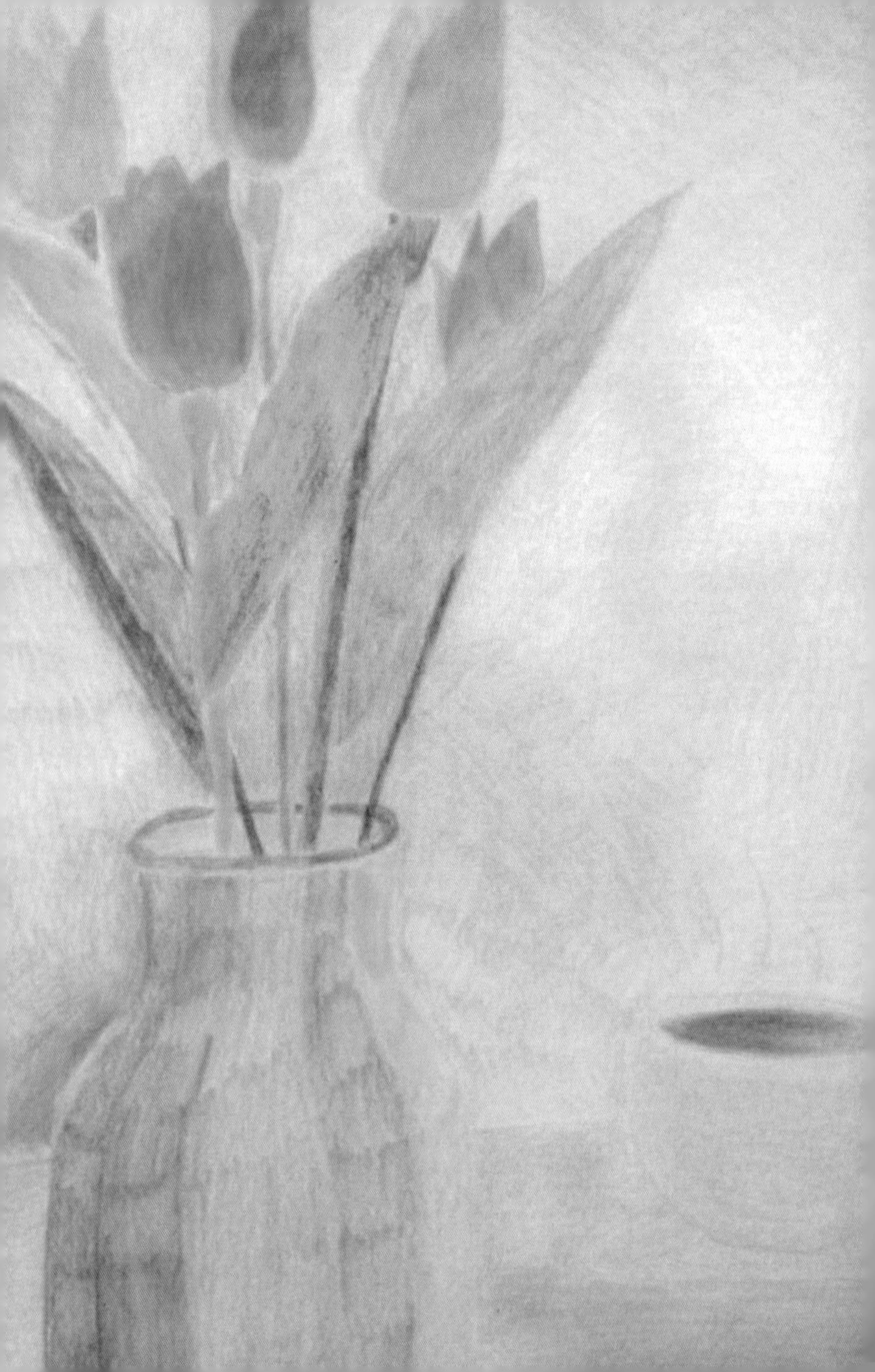

2부

내 안의 쉼표

내 안의 쉼표

마음에 쉼표 하나
찍었더니

그림 속 화가
동심을 깨운다

아이가 부는
비누 방울 하나가
산이 되고
바다가 되고
롤리팝 사탕 세트 선물이 되고
곰인형이 된다.

두둥실
비누방울 속에 꿈 담아
하늘로 하늘로

꽃의 향연

장미꽃
국화
튤립
꽃들이 잔치를 여니
꽃바구니가 되었네.

천의 얼굴

그림꽃 피우려는가?
사각사각
쓰면 쓸수록
커져만 가는
색연필 파노라마
빨, 주, 노, 초, 파, 남, 보
채색 퍼레이드

몽당 색연필 지나는
발자국 만나니
천의 얼굴* 작품이네.

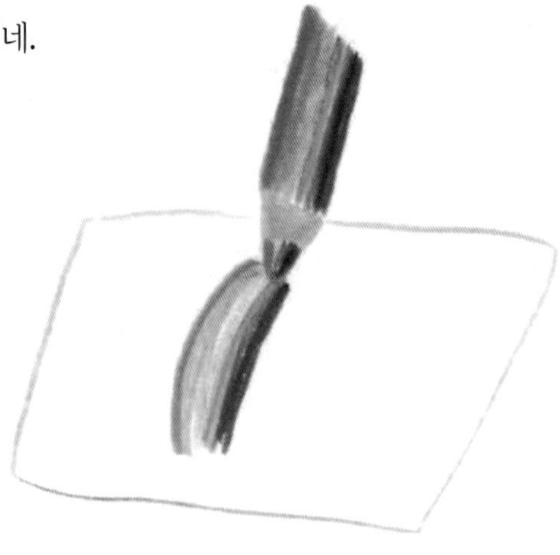

* 천의 얼굴: 천가지 형형색색 얼굴

고성 가진항에서

멀리 등대 하나
반가이 맞이하니
고즈넉한 가진항에

잔잔한 호수같은
강물 바다
맑은 거울 드리우네

물맑은 바닷속에
작은 물고기들만 줄지어
떼로 다니고
갈매기들만 오가는 작은 항구에
사람들의 발길 반가우니
횟집마다 문전성시네.

2020.10.3 개천절에 고성 가진항에서

시[詩]의 연못

시어*가 연못 위에
두둥실 떠 다닌다
연잎밥처럼 헤엄치는 언어들이
물고기 밥이 되지 않으려고
연못 위에서만 꽃이 된다

물 깊은 곳에 떨어진
마침표, 점하나
그리고
수많은 물음표들

미완성인채 그대로 연못 깊은
진흙 속에 묻혀 버린
또 하나의 진주가 되어….

* 시어: 시의 언어

동심원

잔잔한 깊은 강물에
멀리 멀리 던진 조약돌 하나
어린 아이가 되어
누가 먼저 큰 동심원 그리려는지
내기 하자는
투닥 투닥하던 작은 조약돌들은
하나, 둘, 셋, 넷
물 건너 멀리 멀리 퐁당!
큰 동심원을 그린다.
강물에 동심원을 그리다가
어느새 동심원에 둥근 보름달이 떴네.

은하수

시어*가 별이 되어
은하수를 이루고
우주에 바다가 된다

길고 긴 항해 끝에
어느 행성에 닿은
무인 돛단배 한 척

별들은 행성에
돌 담을 쌓아 올려 내리다가
먹먹해진 시어들을 새긴
모래시계 은하수는
쏟아져 내리는 폭포수가 된다.

* 시어: 시의 언어

물안개

물 빛에 쏟아지는
물안개 속 무지개는
신비한 빛줄기에 반짝반짝
채색하네.
강가에 한가로운
강태공은 월척하니
잔잔한 호수의 물고기는
동심원 그리네.
물안개 걷히니
산그림자 햇빛에 드리우고
한 마리 물새는
선비사상에 주인공 되네.

시의 단상

시는 경작이다
글밭가는 인생이다
시는 별이다
하늘의 은하수를 이루는
우주 바다!
시는 진흙 속에 진주이다
발견한 옥석을 다듬은 보석이다
시는 갓지은 밥이다
김이 모락모락
시 한 수저에 배 부르다
시는 일상이다
일상의 소소한 이야기를
담은 노래이다.
시는 세상을 밝게 비추는 등불이다.

3부

꽃비

달롱이의 봄

봄볕에 달롱이는
호미끝 봄을 안고
흙 위로 올라오는
달롱이의 고향생각
보글보글
달롱이 된장찌개에
갓 지은 밥 한술은
달롱이의 봄향기라네.

철원 한탄강에서

후삼국 후고구려
궁예의 한탄이
서려 있는 한여울 한탄강의
현무암을 보며
망국한다는 설에
궁예는 한이 많네
현무암 협곡에 절경들은
역사의 이야기들을
풀어내는 듯 하네
장구한 물줄기는 말이 없는데,
소인묵객들만이 절경에
감탄하네.

철의 삼각지

궁예의 도읍지 철원
전쟁의 한이 서려 있는
오곡쌀이 풍요로운 평야
고요한 적막 속에
한탄강 협곡의 장구한
이야기 담은 물줄기만
고요히 흐른다.
휴전선은 6.25전사들의
영웅설로 가득하네.

〈호국선열들의 애국 정신을 기리며...〉

캘리그라피

붓끝이 일어나고 누우니 문자 숲에
사유에 잠기다가 시, 서, 화 옛 선인들
대가들 묵적만이 남듯이 붓자국 한 획 쓰네.

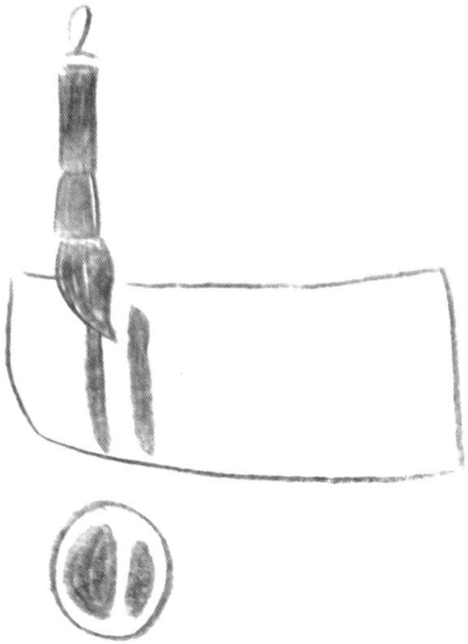

라일락 서정

라일락 꽃 향기야
어디까지 왔니?
보랏빛결
포도송이같은
꽃망울 콕! 콕!
꿀벌들이 라일락을
잠에서 깨운다
라일락 향기 타고 온
꿀벌들의 꿀 방앗간에서는
라일락 향기로
길고 긴 봄의 여정을 떠난다.

명태

세상에 가장 많은 이름을 가진 명태
말리면 북어 코다리 노란 황태 그을린 먹태
지칭어 같은 이름 유용한 변신의 귀재라네.

수국

연둣빛 카멜레온 잎사귀 함박송이
파랗게 수채화 물감 번져가는 채색꽃
꽃잎 위 파란 물결 일어난 변덕여왕.

꽃비

꽃망울 핀 벚꽃 위 빼꼼한 나뭇가지
봄 햇살 하얀 꽃 잎 내리는 꽃비
딸아이 큰 환호성 바람결에 나비 되었네.

백지

백지는 무한대로* 그리고 우주 바다
공백과 먹먹함의 연속선에서 긴 터널 여정
찾는다 나아갈 길을 쏟아지는 사유의 별들

* 무한대로: 무한한 큰 길

4부

대추비

대추비

대추비 와르르르 쏟아진 마당에서
"우와와! 대추비 내린다! 대추비를 맞으며
딸아이 신이나서 외치는 큰 함성!"

장대로 털어내어 바구니 가득 안고
오르락 내리락 사다리 타고
장대로 대추 터시는 시아버지

대추비 떨어지는 가을비 한 알 한 알
아이 손 한 움큼 주운 행복 담긴 대추알
가을날 한가로운 한나절 풍경이라네.

밥

갓 지은 밥 한 술이
온기되어 든든하니
가마솥 누룽지가
익어 갈 때 엄마 생각
겨울날 김서린
창밖에 눈 내리면
포슬한 밥 한 공기
밥심되어 춥지 않네.

설경

함박눈 하얀 세상 눈 덮힌 지붕위에
한 마리 새가 더욱 희오.
전깃줄 위 앉은 까치 한 마리도
희소식 들고 오려는가?
소복이 쌓인 눈을 차분히 쓸어낸다.

입춘대길

봄소식 안고 오는 훈풍에 반가우니
새싹도 모든 만물이 봄 햇살에 소생하네
새희망 평화로운 입춘대길 건양다경한 봄이라네.

입-춘에
춘-망(봄희망)안고
대-길하고
길-운이 가득하여
건-강하고
양-호하게
다-복하고 만사형통한
경-사로운 입춘대길 건양다경한 봄이라네.

사계(사계절)

봄 볕에 아지랑이 풀꽃숲 돋아나니,
바닷가 파도 소리에 호연지기 커지네.
낙엽은 낙화하고, 하늘은 천고마비,
한가지 설중매화 꿋꿋이 설산 홀로 지키니,
아름다운 대한민국 사계라네.

신축년 새해 맞이

하이얀 소띠의 해 신년에 근면하고,
우직하게 밭 갈 듯이 발자국 내딛어
형통의 소원 성취한 해 맞이하세.

설날

코로나 역병으로 설날 풍경은
마음만 오가는 비대면 명절이네.
그럼에도 발걸음 오가는 고향으로
귀성객들의 고향 맞이는 반갑네
떡 만둣국에 나이 한 살 더하기
새해에 발전된 모습으로
내딛는 한걸음 한걸음.

코로나19

코로나 역병으로
적막한 세상이 되어버린
세상사 정지된 듯 고요하네.
코로나19 백신도 나왔건만,
효능 있고 사고 없는
코로나19 이겨보세.

사루비아 꽃

잎사귀 한 잎 한 잎 꿀단지 꿀 딴 향기
한송이 함박미소에 머문 향기 한모금
딸아이 감탄사에 설탕 꿀 맛 사루비아 꽃이란다.

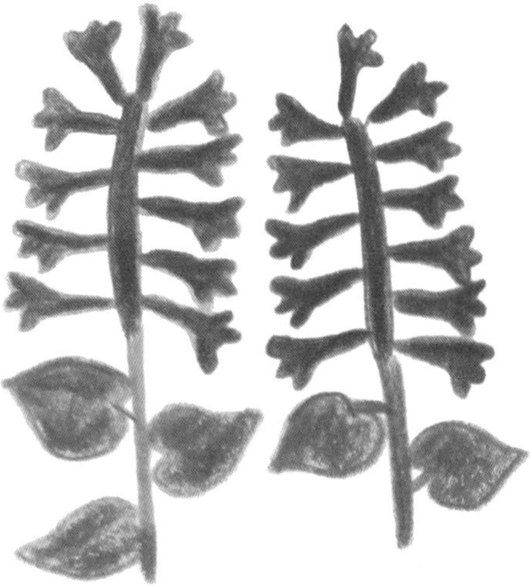

작약

고요한 아침
만개한 홀로 고아한 작약
꽃잎 위 영롱한 이슬 머물러
나그네 호박벌들의 둥지가 된다.
낮에 해처럼
밤에 달처럼
아침에 피고 저녁에 지는
열정이 피어나는 꽃.

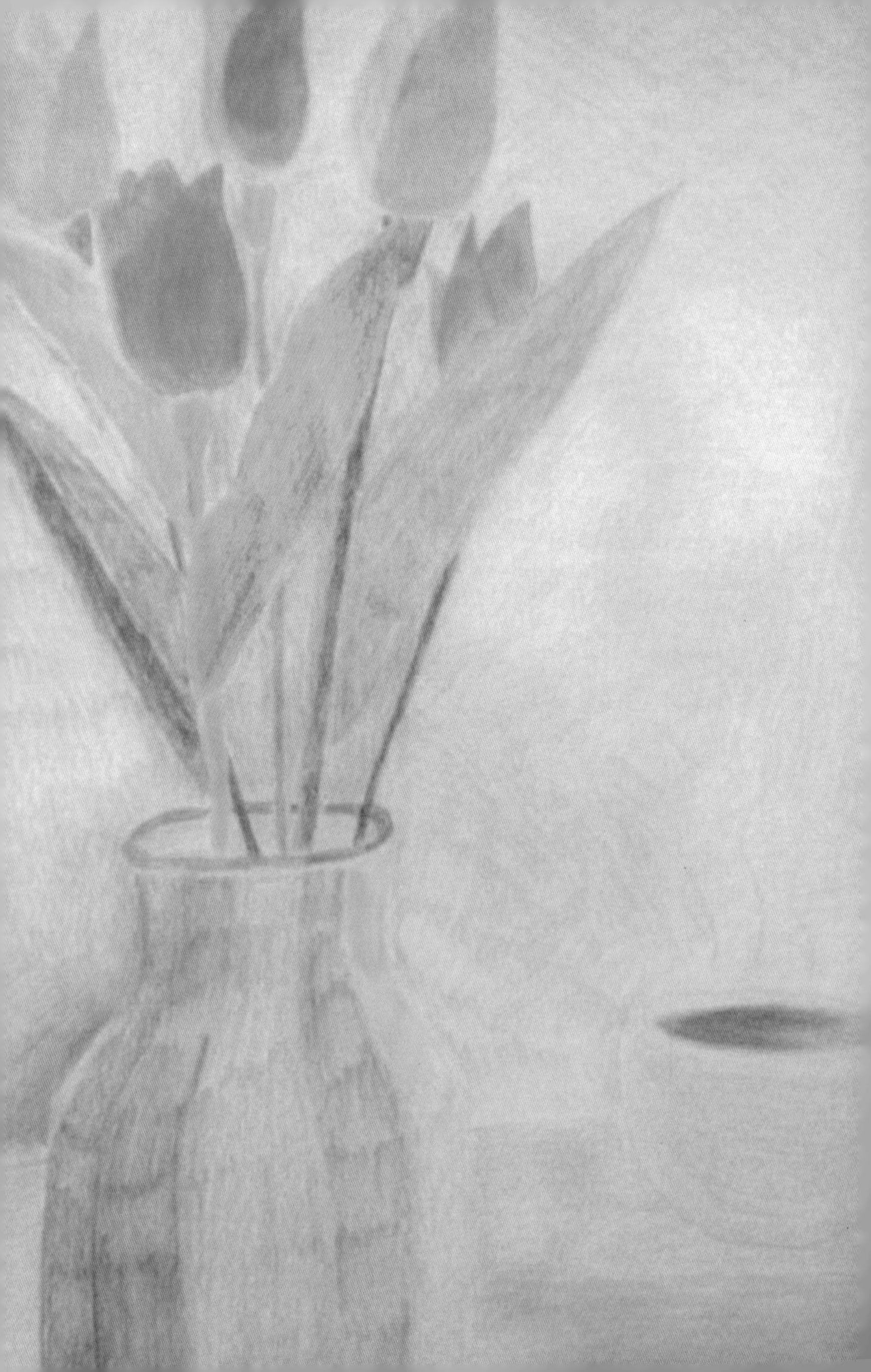

5부

눈꽃송이

임인년 새해 맞이

지혜의 호랑이해 태양 속 오로라 빛
일출은 동면 중인 만물을 깨운다.
만물의 잔상 속에서
흑범의 호기로운 기상으로
산 그림자를 깨치고,
세상 밖으로 달려 나온다.
범상치 않은 상서로운 기세는
호탕한 흑범의 웃음이네.
호연지기한 흑호의 해
임인년 새해 맞이하세.

춘몽(봄꿈)

봄 햇살 흐드러진 만개한 개나리꽃
빛나는 벚꽃 봄꿈은 그림책에 담기네
개나리꽃 길 위에 봄바람 실려 그림자 일어나네.

신촌리의 봄

푸르른 산천초목 신촌 정자 홀로 아늑하네
여유 있는 트레이너들 트레킹 걷는 걸음 가뿐하고
신촌천 개울에는 물오리 떼들만 날아들어 노니네.

수선화의 봄

어느때 누군가를 기다린 봄이런가?
노오란 고아한 꽃 만개한 봄의 향기
찬란한 봄 빛 받은 나르시즘 꽃의 요정.

김밥

오색빛 알알이
김에 둘러싸인
흰 밥 속에
오순도순

당근, 어묵, 시금치,
햄, 계란, 게맛살,
단무지, 우엉
김밥 재료들의
공치사하는
쟁쟁한 감초!

하나라도 빠지면
김밥 예술이 아니지 아니한가!

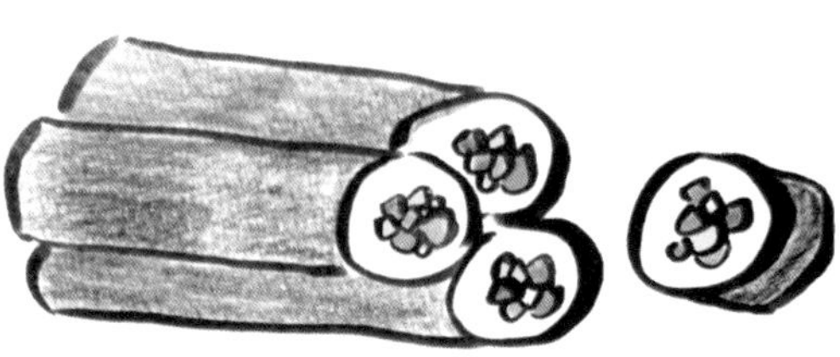

알밥

톡토톡토톡
알밥위에
고운 붉은 빛 결
날치알들이 깨어난다.
뚝배기 열기에
날치알들이
소곤소곤 일어난다.
고슬고슬한 누룽밥 위에서
잔치가 열렸다.
물미역 바다 향기가 가득한
날치 알 밥 한 수저에
놀란 무언의 새가슴들
스시집 알밥 이야기가
365일 새록새록 익어가는
스시집의 감초!

그림

그림 속 꿈 그리고,
동화 꿈 이루어진
그림 안에 펼쳐지는
동화 세상 풍경
상상의 무한대의 날개를 단,
붓과 물감의 발자국 따라
그림 안에 드나들며,
피터팬이 되었다가
꽃도 되고 풀꽃도 된다.
무지개빛 다리를 건너
화폭의 우주로 들어가면
그림 바다에 빠진
시어*들을 낚는다.

* 시어: 시의 언어(시어)

눈꽃송이

하이얀 눈밭 위에
은빛 요정 깨어난다.
가만가만
들여 다 본다.
햇살에 반사된 은빛 결정체
소복소복 쌓인 눈꽃송이를 본
딸아이의 함성!
“와! 겨울 왕국이다!”
두 손에 함뿍!
종이 위에 눈꽃송이를 그려본다.
각양각색
홀로그램 은빛 요정들이
반짝인다.

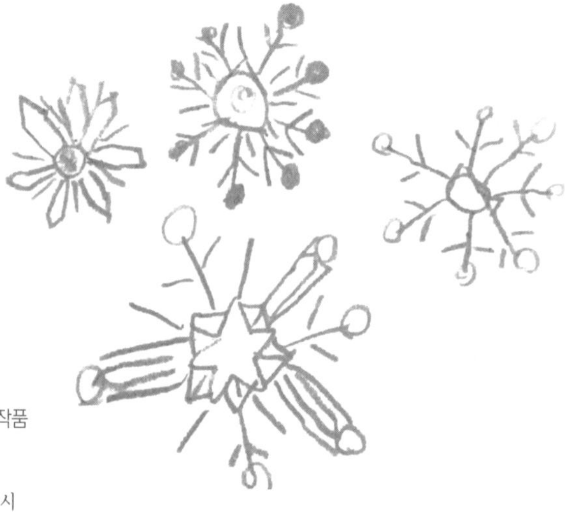

눈꽃송이-딸 소현이 작품

닭갈비 집에서

닭갈비 음식 가득 저절로 함박미소네.
마당 한가운데 우물 안 금붕어들
한가로운 두 마리 인조 앵무새
다정다감 봄소식을 전하는가?
즐비한 수선화 꽃화분에는
벌, 나비 손님 보기 어렵네.

양귀비 꽃

천하의 경국지색 미색이
양귀비 꽃으로 탄생했는가?
한들한들 꽃 잎 새는
화려한 붉은 옷, 주황 옷,
보라 옷, 자줏빛 옷, 파란 옷,
노란 옷으로 자랑하는 양귀비
하늘하늘 꽃대는 꿋꿋한 결의
피고 지는 꽃 잎 새가 잠깐 저무니
양귀비 꽃 미색도 순간이구나!

2020 Ahn Hye-Youn

연시조

문폭구곡

서시

굽이굽이 봉화산 아홉구비에
담긴 전설들에
꿈, 끼, 꾀, 깡, 끈, 끈, 꼴, 깔, 끝
이야기들이 서려 있네.
그 누가 굽이마다 지나면서
감탄하지 아니한가?

1곡

꿈, 희망

구곡 폭포 오르는 길
길목 마다 전해지는 옛 이야기
꿈이 가득 하여라
내일은 어떤 꿈을 꾸는
구곡폭포일런가?

2곡

끼, 재능

재능, 끼 많은 영재들의 숲 속
구곡 폭포로 이어지는
고즈넉한 숲 길로
시인묵객의 발길이 끊이지 않네.

3곡

꾀, 지혜

지혜의 숲 꾀로다
꾀 많은 토끼, 다람쥐
작은 동물들의 쉼터
흘러가는 작은 폭포수에
지혜의 물도 흘러가리.

4곡

깡, 용기

옹기 종기 모여 있는 오리 솟대들
소도라 칭함은 천군이라네.
용기 담은 깡으로
굽이굽이 작은 폭포수따라 올라
4곡에 이르니 용기가
샘처럼 절로 솟아나네.

5곡

꾼, 달인

5곡에 이르니 꾼, 달인 다 되었네
굽이굽이 폭포수 오솔길따라 올라가니
신선이 된 듯 무릉도원이 따로 없네.

6곡

끈, 인연

인연의 끈 어디까지이려나?
아홉구비도 벌써 6곡이라네
짧은 굽이마다 서려있는 구곡 이야기
끈기로 이어져 구곡폭포와
오랜 인연이 호사로다.

7곡

꼴, 모양, 모습

생긴대로 꼴이라더니
아홉구비 구곡폭포 어디련가?
구곡폭포 가까운 계곡에서
꼴을 만나니 반갑네
구곡폭포의 꼴은 무엇인가?
은하수 별 빛 내리는 폭포수 같네.

8곡

깔, 솜씨

여름의 구곡 계곡은 푸르른 산세
유려한 산세에 푸른 나뭇잎만
햇살에 기이한 초록빛 내니
창조주 솜씨가 빛나네.

9곡

끝, 또 다른 시작

끝이 아닌 또 다른 시작의 길
돌아돌아 굽이치는 절벽사이로
청량한 폭포수가
카메라 프리즘에 반사되네
무지개빛 구곡 폭포수에
햇살이 흩뿌리네.

공저 『신선고을의 구곡가』 도서출판 산책/(2021) 중 수록 시
- 춘천 구곡 폭포 기행 시

연시조

맥국의 봄

서시

고조선 역사 이은 맥국의 터전
밝은 태양 정기 받아
소양강에 햇살 빛나리
수양버들 내리는 버들 궁궐
지역명에 깃든 맥국의 봄볕이
현대 춘천의 봄내로
후세까지 빛을 발하리.

1수

맥국터 신북읍

워나리(소양강)따라 건너 마을
맥국의 중심지 신북읍
읍 소재지인 율문리
바리산, 바라미 산 있는 발산리
아침 연못 안쪽에 있다 하여 지내리
샘과 밭이 많은 터전 천전리
버들 궁궐 유포리, 산천리의 고인돌 지석묘
춘천댐 있는 용산리,
현대의 맥국이라네.

2수

맥국의 성문성 지내리

아침 연못 안쪽에 있는 마을 지내리
맥국의 성문성이라네.
맥국의 왕들은 어디로 갔을까?
춘천의 요새 둥지를 움튼 곳
지내리의 마적산 고탄
아름다운 고요한 요새라네.

3수

천전리의 고인돌 지석묘

천전리의 고인돌 많은 맥국의 지석묘
타임머신 타고 옛 선인들 일상을 보니
유물로 선사시대 선인들 지혜를 발견하네.

4수

버들 궁궐 유포리

버들 숲 이루는 마을
맥국의 버들 궁궐이었다네.
선조들의 평화롭고 한적한
일상이 여유로운 그림이 그려지네.

5수

맥국의 상징 아침못

맥국의 아침못은
아침의 햇살드는 봄볕의 시작
옛 선인들이 아침못에서의
유유자적한 신선놀이 눈 앞에 선하네.
현대는 낚시터만 덩그러니 남아있네.

6수

밝은 빛을 발하는 발산리

태양의 봄볕 맞이하는
맥국의 바라미 산있는 발산리
봄의 시작을 알리고
새벽안개 걷히니 아침햇살 비추는
고요한 맥국의 터라네.

7수

워나리(소양강)의 봄 햇살

워나리(소양강)따라 건너 마을 맥국의 터전
우두산(소슬뫼)따라 샘밭 장터 열리고
복숭아, 오이, 메론, 토마토를 자랑하네.

8수

산천리의 고인돌

고인돌 선사시대 유물많은 천전리와 산천리라네.
지석묘 발견되는 유물마다 깃든 옛 이야기
고스란히 담긴 옛 선인들의 부지런한 삶
현대까지 전통의 지혜 이어가네.

9수

용산리 맥국의 우두산(소슬뫼)를 찾아서

소머리 닮은 우두산 맥국의 소슬뫼네.
해가 솟아 오르는 산 맥국의 천단
고조선의 밝음 사상 숭상 기반의 맥국은
현대의 춘천으로 생동하는 봄의 기원지가 되었네.

작품

서예&그림

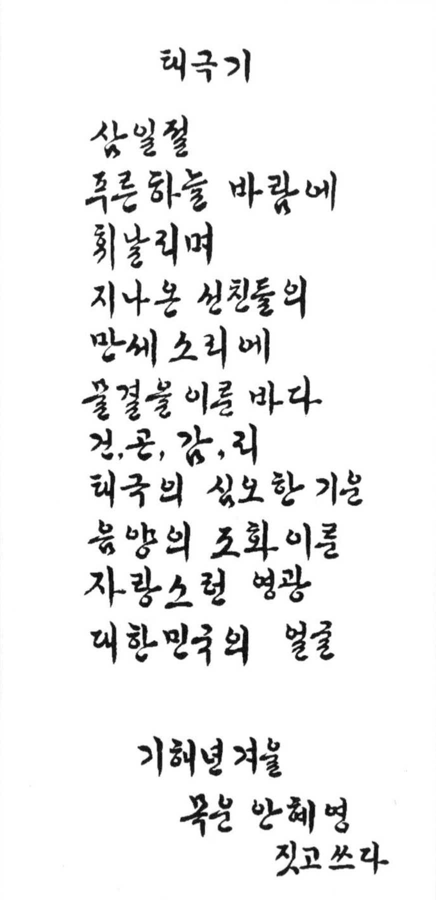
태극기
삼일절
푸른하늘 바람에
휘날리며
지나온 선친들의
만세 소리에
물결을 이룬 바다
건,곤, 감,리
태극의 심오한 기운
음양의 조화 이룬
자랑스런 영광
대한민국의 얼굴
기해년겨울
목운 안혜영
짓고쓰다

태극기

축복 속 아이들의
환호성 신록 사이로
한 줄기 희망의
빛이 새싹들의
마음에 씨앗이 된다
산과 바다 넓은 들판을
뛰놀며 자연을
품는다 세상이
밝아지는 아이들의
웃음소리
대한민국의
동량지재이다

목운 안혜영 짓고 쓰다

어린이날

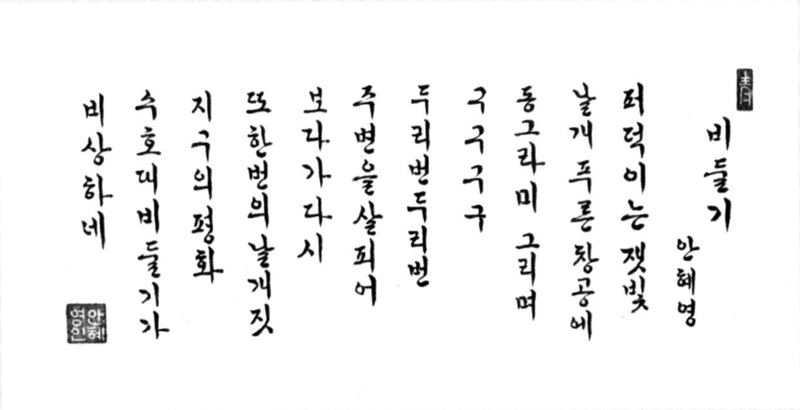
비둘기
안혜영
퍼덕이는 잿빛
날개 푸른 창공에
동그라미 그리며
구구구구
두리번두리번
주변을 살피어
보다가 다시
또 한번의 날개짓
지구의 평화
수호대 비둘기가
비상하네
안혜영인

비둘기

의암호 유리다리 밟으며

강안개 걷혀
푸른산빛 드리
우는데
유리다리 밟자
한마리의 갈매기
된듯 가을햇살
구름속에서
발밑물 비추고
조각배 유유자적
떠가네

목은 안혜영 짓고 쓰다

의암호 유리다리를 밟으며

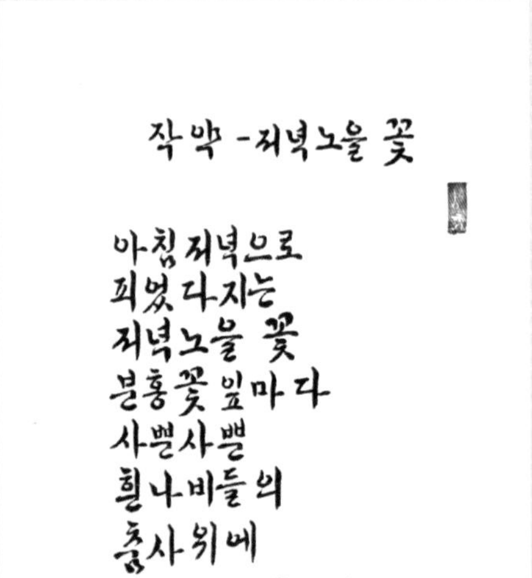
작약 - 저녁노을 꽃
아침저녁으로
피었다지는
저녁노을 꽃
분홍꽃잎마다
사뿐사뿐
흰나비들의
춤사위에
꿀벌들은 꽃잎위에
사뿐 앉는다
아침에 방긋
저녁에 꿈을 꾸는
노을 꽃
하루여정에 작약은
나그네인가 ?
기해년 여름 목운 안혜영
짓고쓰다

작약 – 저녁노을 꽃

벌들의 비행

벌들은 꽃을 향하여
날아간다
꽃은 태양을 향하여
피어난다
태양은 땅을 향하여
비춘다
땅은 씨앗을 품고
새싹을 움튼다
씨앗속 새싹은
꽃이 된다
꽃위의 벌들은
앉아서 꿀을 딴다
꿀을 담아온
사람들은 꿀차를
마신다

경자년 국눈 안혜영
짓고 쓰다

벌들의 비행

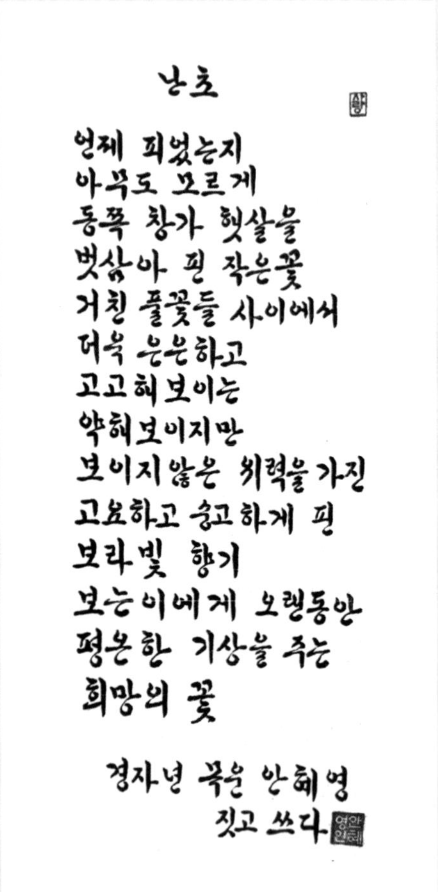
난초
언제 피었는지
아무도 모르게
동쪽 창가 햇살을
벗삼아 핀 작은꽃
거친 풀꽃들 사이에서
더욱 은은하고
고고해 보이는
약해보이지만
보이지 않은 위력을 가진
고요하고 숭고하게 핀
보라빛 향기
보는이에게 오랫동안
평온한 기상을 주는
희망의 꽃
경자년 꽃운 안혜영
짓고 쓰다

난초

날개

구름배에 탄 태양은
바람날개에 실려
휘영청
노를 저어가고

하늘거리는
햇살에
바람날개는
뱃사공이 된다

경자년 여름
목운 안혜영
짓고 쓰다

날개

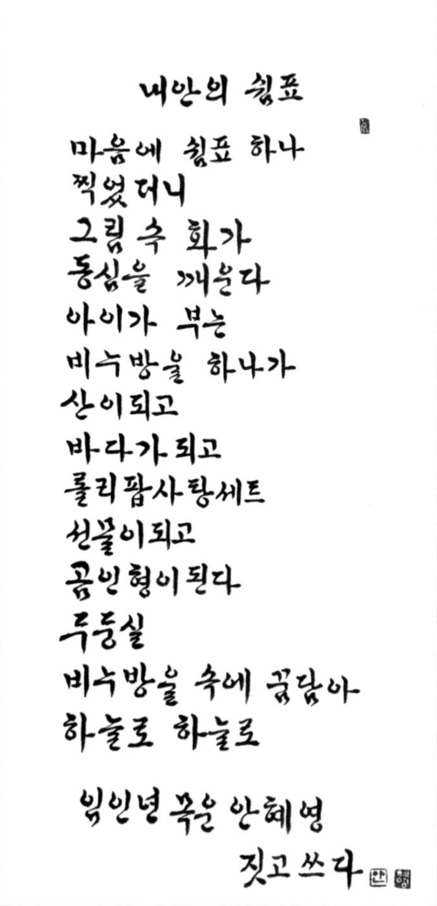
내안의 쉼표
마음에 쉼표 하나
찍었더니
그림 속 화가
동심을 깨운다
아이가 부는
비누방울 하나가
산이되고
바다가 되고
롤리팝사탕세트
선물이되고
곰인형이된다
두둥실
비누방울 속에 꿈담아
하늘로 하늘로
임인년 꽃은 안혜영
짓고 쓰다

내 안의 쉼표

담쟁이 넝쿨

벽에 기대어
올라 간다
하나의 새생명
선물 했던
새희망
마지막 잎새
서로 줄기에
얽히어
작은 잎새마다
사랑 소망
희망담아
높게 뻗은 줄기
한 소녀의 생명을
살려낸
담쟁이 넝쿨
마지막 잎새처럼

경자년 목운 안혜영
짓고 쓰다

담쟁이 넝쿨

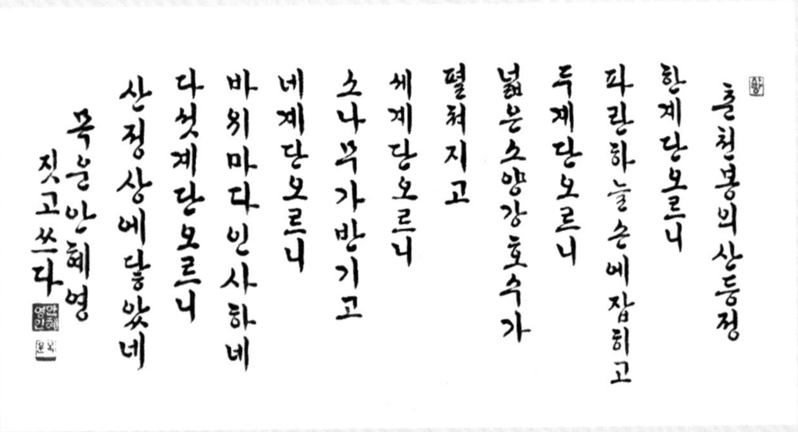
춘천봉의산등정
한계단오르니
파란하늘손에잡히고
두계단오르니
넓은소양강호수가
펼쳐지고
세계단오르니
소나무가반기고
네계단오르니
바위마다인사하네
다섯계단오르니
산정상에닿았네
목운안혜영
짓고쓰다

춘천 봉의산 등정

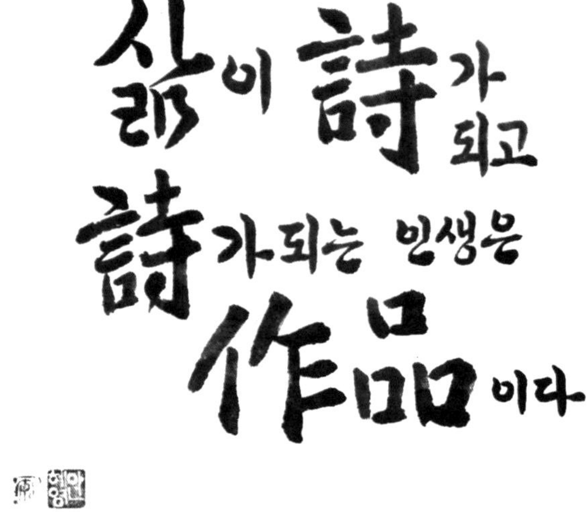

작품

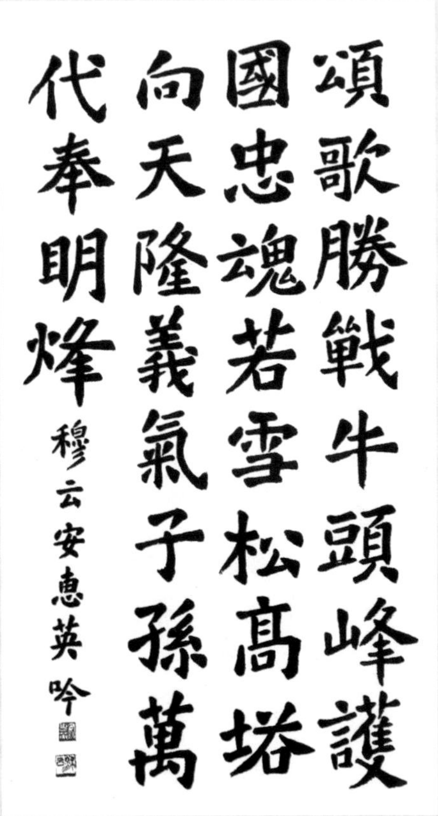

호국선열충혼지덕

해석　승전가 울려 퍼지는 우두산 봉우리
호국의 충혼들은 변함이 없네
높은 탑 하늘 향해 의기를 드높이니
자손만대 밝은 횃불 받들리.

고향어머니마음같은생명이탄생하는
고운샘터흙내음에 깊이뿌리박힌알타리
를뽑으니올해 는풍년이다식물을낳고
다시돌아가네흙으로흙은돌고돌아오늘
의식탁은풍요롭다모든것을안고주고또
흙은베 풀고수용하니만인의긍자흙에
뿌리고자라고다시흙으로돌아가는자연
의순리

기해년가을 무운안혜영짓고쓰다

흙

전각/그림각 - 강원도 동해 일출

소설가 김유정 – 동백꽃 中

Epilogue

"그림 속의 화가 동심을 깨우다!"

안혜영

생수